우화

* 이 책은 초판본 작품의 오자, 탈자 등을 바로잡고 일부 수정하여 수록하였습니다.

우화

유영춘 시집

序文

1964년 봄, 온 고을 시나대가 우거진 신석정 선생님 댁.

"너는 뭐가 될래?"

"시인이요."

"시인이 되려면 수학, 영어, 과학, 사회, 국어를 잘하고 시를 많이 읽어야 한다."

그해 여름, 선생님은 손수 등멱을 해주시고 부채질을 해주셨다. 석정 같은 시인이 되고 싶었다. 그러나 수학, 과학이 어려웠고, 시도 어려웠다.

선생님을 다시 8년 만에 찾아뵈었더니, 아무 말씀도 없이 물끄러미 바라보셨다. 그 후 세상에 시가 있다는 사실도 잊은 채 세월이 훌쩍 지나가 버렸다.

1994년, 남설악 오색의 여름밤 김홍전 박사님께서
"시는 미의 세계, 천상의 세계를 노래하는 것이다.
시인이 되려면 고결하고 단정한 생활을 하여야 한다.
시를 쓰는 것이 좋을 것 같다."라고 말씀하셨다.

단정하고 고결한 생활은 매우 어려운 것이었다. 시를 쓰는 사람이 될 수도 있으리라는 희망을 가지고 생활을 다듬고 시를 다듬었다.

그러나 아무리 가꾸고 다듬어도 단정하고 고결한 생활은 늘 멀리 있었다.

2024년 화두. AI가 글을 짓는단다. AI가 시도 쓸까?

농경사회, 산업사회, 정보화사회를 한 사람의 인생 안에 겪느라 달음박질하는 틈틈이 그려놓은 정경들을 나누고 싶고 간직하고 싶어 『우화』를 다시 내놓는다.

AI시대에도 사람의 영혼은 Catharsis(淨化) 되어야 한다.
AI시대에도 시는 꼭 있어야 한다.

2024년 3월 유영춘

차례

III. 然

차례

Ⅳ. 常

Ⅴ. 鄉

VI. 山

I

時

하루

태양은

하늘에서

온종일

우리

모든 것을

비추고 있습니다

1993. 2.

수數, NO.

어느 날
살아온 날과 살아갈 날의 수를 세어 본다
많은 일월이 지나가고
적은 일월이 남아 있다

남아 있는 적은 일월을
지나간 많은 일월에 비교하니
지나간 많은 일월은 짧게 여겨지고
남아 있는 적은 일월은 끝이 없다

사람들은
날과 달과 해를 쪼개어
세고 또 센다
"초, 분, 시, 날, 달, 해가 한 덩어리다"라는
사실을 알게 되면
일월도 세지 않고
세월도 세지 않을 것이다

2002. 10.

시간은 간다

째깍째깍 똑딱똑딱
일초이초삼분사분다섯시여섯시간여드레아흐레열흘
일주두달사계절오년육십년칠백년이십일세기
째깍째깍 똑딱똑딱
시간은 간다

오리엔트 시티즌이 없어졌어도
로렉스 라도가 없어질지라도
시계가 고장 나더라도
내가 없었을 때도 내가 없을지라도
째깍째깍 똑딱똑딱 시간은 간다

우주선 안에서도
병영兵營 바람벽에서도
산골 마을 경로당에서도
고층 빌딩 사무실에서도
잠수함 수병의 손목에서도
시계는 간다
시간은 간다

2001. 5.

나이를 세는 아이들

어른들은 늘 어제에 머물러 있습니다
초등학교 운동장에서 뛰고 있습니다
시오리 중학교 등굣길을 가고 있습니다
캠퍼스 벤치에서 밤새우던
어제에 머물러 있습니다

쑥쑥 자라는 아이들이
잃어버린 어른의 나이를 찾아 줍니다
손가락을 꼽으며 또박또박 나이를 세어 줍니다
아이들은 나이를 세는 재주가 있습니다
그 손가락이 이뻐 보이지 않습니다

2001. 10.

거울 앞에서

어느 날 거울 앞에 서니
어디서 본 듯한 사내가 서 있다
저 남정네는 누구인가
거울 속에는
홍안의 소년이 서 있었는데
멋 부리던 청년이 서 있었는데
늠름한 장부가 서 있었는데
모두 어디로 가고
저 낯선 사람이 왔는가

거울을 찬찬히 들여다보니
상고머리 어린이가 지나간다
검정 교모를 쓴 소년이 생긋 웃는다
넥타이를 맨 젊은이가 머리를 빗는다
모두
잰걸음으로 달아나고
낯선 남정네 혼자 서 있다
저 사람은 누구인가

1998. 1.

길

할머니는 왼종일 길쌈을 하였습니다
모시를 쪼개고 또 쪼개고
열흘이 넘게 스무날이 넘게 모시를 쪼개었습니다
가늘게 쪼갠 모시를 무릎에 대고 잇고 또 이었습니다
모시실 꾸러미는 십 리도 백 리도 넘게 보였습니다
"할매, 이 세상에서 제일 긴 것이 뭐여?"
"음 - 길."
"모시실보다 길어?"
"응. 길이 제일 길어."

할머니는 1899년 이 땅에 태어났습니다
할머니는 밥 짓고 길쌈하고 밭을 매면서
구십육 년을 걸어왔습니다
시장에 가 본 일이 없습니다
돈을 세어 본 일도 없습니다
사는 마을을 벗어난 때가 별로 없습니다
큰 차를 타고 손자네 집에 두 번 다녀갔습니다
지금은
바느질도 길쌈도 밭일도 멈추고

먼데 하늘을 바라봅니다
툇마루에서 손자를 기다립니다
"할머니, 5년만 더 사시면 3세기를 사시는 거예요."
"그것이 뭔디?"

* 큰 차 = 기차

1995. 3.

능강에서

오늘은 어디서 와서 어디로 가나요
어제는 어디로 갔나요

아마 서쪽으로 갔을 것입니다
없어요
서쪽 맨 끝에 서면
거기는
다시 동쪽 맨 끝이랍니다

그럼 강물 따라갔겠지요
강물 따라 흘러간 시간을 바다가 머금었나 보죠
바닷속에서 오늘을 어떻게 찾겠어요

아하 서산으로 넘어가는 해를 따라갔대요
서산 너머 사는 사람들도 모른다고 했어요
서산 너머 그 너머에도
해랑 오늘이 머무는 곳이 없었어요

틀림없이 까만 밤이 삼켰을 겁니다

아니오
먼동이 틀 때
산등성이로 넘어오는 아침 해랑
오늘이 동녘으로 넘어오고 있었어요

시간時間은 영원永遠입니다
어제 아침하고 오늘 아침은 같지 않습니다
어제 아침 저기 흐르던 호수는 남한강으로 흘러가고
오늘 아침 해는 어제보다 1분이나 늦게
산등성이를 넘어오더니
서산에서 1분을 머뭇거리다 넘어갔습니다

산등성이에 서 있는 나무랑 억새풀은 0.01mm 자라고
산골짜기를 달리던 노루가 돌멩이를 굴러 내려
산은 달라지고
지구는 변하였습니다

시간은 영원입니다
지금이 지나 저만치 가고

조금 후가 지금으로 온다고
그래서 흐른다고 하지만
시간은 영원입니다

지금 있는 것은 조금 후에는 아무것도 없습니다
여기 있던 공기는 바람이 실어 가고
저기 보이는 별빛은 몇 광년의 여행을 마치고
나의 동공瞳孔에 잠깐 머물다가
내가 눈 깜박하는 사이에
다른 몇 광년 전에 길 떠난
별빛이 내 가슴으로 스며듭니다
지금 내 심장에서 뛰고 있는 피는
조금 있으면 손가락 끝에 가 있을 것입니다

지금은 영원입니다
시간은 영원입니다

1999. 1. 30.

At Neung-gang

From where has this day come and where will it go?
Where has yesterday gone?

It must have gone to the west.
It isn't there.
If you stand at the very end of the west
It is
Once again the very end of the east.

Then it must have followed the rivers waters.
Perhaps the sea has embraced the time that flowed with the river's waters.
How will you find today in the sea?

Ah, it has followed the sun climbing over the western mountain.
But the people who live beyond the western mountain said they did not know of it.
Beyond the western mountain and beyond that as well.

There was no place where the sun and this day dwell.

Then without a doubt the black night has swallowed it.

No.

When the dawn broke

Today was climbing over the eastern horizon

With the morning sun climbing over the mountain ridges.

Time is an eternity

Yesterday's morning and today's morning are not the same.

The lake that flowed there yesterday morning flows to the southern Han River

And this day's morning sun rises one minute later than yesterday

Over the mountain ridges

And passed over after lingering one minute on the western mountain.

The trees and eulalia grasses that stand on the mountain have grown 0.01millimeters

The deer that bounded through the mountain valley has kioked down a pebble

And so the mountain has become different

And the world has changed.

Time is an eternity.

Now passes and goes into the distance

A later moment comes to the present

And so they say that time flows

But time is an eternity.

What exists now is gone entirely a moment later.

The wind carries away the air that was here

The starlight in the distance comes to the end of a light years' journey

And lingers in my pupil for a fleeting second

And in the blinking of an eye
The starlight that set off on its road light year ago
Seeps into my breast.
The blood that leaps in my heart now
Will soon be at the tips of my fingers.

Now is an eternity.
Time is an eternity.

January 30th, 1999.

번역 오은지(1988년 생)

2007. 12.

Ⅱ

空

우화羽化

이제 벌레가 아니다

벌레 껍질을 벗은 자유

하늘 품으로 안기는

가녀린 날개 아름다운

우화羽化

* 흉칙한 벌레를 벗어나 훨훨 하늘을 날으는 정체(Identity)의 탈바꿈
* 죄와 사망을 벗고 새 생명을 얻은 중생

물 긷는 여인

하늘을 흐르던 물
내려
땅에 스미더니
솟아
여인이 긷는다

생명을 낳는 여인이
한 모금 물을 길어
몸으로 흐른다
하늘에 흐르던 물이
내 안에 흐른다

물이 흐른다
생명이 흐른다

2000. 8. 3.

물 한 모금

태백 골짜기에서 흐르고 흘러
식탁 위에 올려진
한 잔의 물

지구 몇 바퀴 긴 긴
혈관의 여정에 오르는
한 잔의 물

한 잔의 물에 담겨 있는
세월과 우주
내가 그 정점頂点에 서 있다

2002. 5.

별은 고향이다

별이 저기 있다

별은 고향이다
별을 바라보면 고향에 갈 수 있다
철이와 세다만 별이 저기 있다
순이와 밟던 별빛이 저기 있다
정지문 위로 펼쳐진 은하수를 바라보며
"쬐끔만 있으면 쌀밥 먹것네" 하던
작은 어머니 얼굴이 하늘에 걸려 있다

별이 저기 있는데
고향만큼 먼 거리에 있는데
일본보다 멀고
미국보다 멀다고 하는
사람들의 말을 나는 믿을 수 없다
별은 고향 하늘에 걸려 있다
별이 있는 하늘은 고향이다
별이 저기 있다

2000. 8.

별 1

인식認識이다
별이 하늘에 걸려 있다는 것
몇 광년을 걸려 오늘 밤에 왔다는 것
성층권 대기권을 가르고 온
별은 나의 동공까지 흘렀을 뿐
지금은 우주 구석구석 찾아도
어느 곳에도 없을 수 있다는 것

인식認識이다
아니다 인식이 없어도 별은 거기 있다
아니다 인식하지 아니하면
별은 없는 것이다

나는 누구인가
인식하지 않으면 나는 없는가
내가 없으면 별은 없는가
있다는 것은 무엇인가
별은 하늘에 있다

1999. 10. 10.

별 2

별은
늘 하늘에 있고
나는
늘 땅에 있다

별을 보면 슬프다
나는 땅을 떠날 수 없고
별은 하늘에 매달려
늘
닿지 않는다

나는
별이 좋은데
가까이 갈 수 없다
별이 매달린 하늘
땅에 서 있는 나
그 사이는 슬픔이다
그렇게 큰 슬픔이 세상에 어디 있는가

2000. 4.

별 3

여름밤 멍석에 누워 바라보던 별들은 어디로 갔나요

서울 하늘에는 별이 없다
모두
태백산으로 떠났다
소백산으로 이사 갔다
천문학자의 별이 되었다

서울 사람들은
밤을 몰아내고
별도 쫓아 버리고
텔레비전에 넋을 바쳤다

어머니의 무릎을 베고 바라보던
별들은 어디로 갔나요
별이 보고 싶다

2000. 7.

청송대 하늘에 걸려 있는 달

TV에서
금세기 마지막 밝은 보름달이 어쩌고저쩌고 하길래
청송대 하늘에 걸린 달을 보러 갔다오
상수리나무 가지 사이로 달빛이 흐르고
밟아도 밟아도
낙엽 위에는 달빛이 가득하게 깔려 있었소

낙엽 위에 누우니
푸른 하늘에 달이 빠져 있었소
누가 저기 하늘에 달을 걸어 놓았답니까

청송대 하늘에 달이 걸려 있다는 걸
문득
사람들에게 보여 주어야 한다고 생각했소
집으로 오니
아내는 곤한 잠에 빠지고
아이들은 도회 속에서 아직 돌아오지 않았소

사람들은

20세기 마지막 밝은 달이
청송대 하늘에 걸려 있다는 걸 모르고
TV 속의 달만 바라보고
청송대 하늘에는 달이 혼자 걸려 있소

* 청송대聽松臺 : 연세대학교에 있는 숲

1999. 12.

밤 1

세종문화회관 무대
막이 오르고
〈피가로의 결혼〉에 흠뻑 빠져 박수를 보내다
막이 내려
시정으로 들어서는 밤

거대한 무대
지구
수십억 배우들 하루의 연극은 끝나고
노을
서서히 드리우는 장막
밤

밤의 장막이 내리면
새로운 무대
하늘에 등장하는
별
별
별

2000. 5.

밤 2

당신들은 밤이 싫다고 했소
그래 낮만 있으면 좋으시겠구려
오늘 밤이 없고 내일 밤도 없고
밤이 없어지고
하루도 없어지고 열흘도 없어지고
낮만 있게 되면
공포가 아니겠소

당신들은
밤을 몰아내고 대낮을 만들었소
신촌에 가면 24시도 없고
압구정동에 가면 0시도 없고
밤이 없어졌다오
밤을 되돌려 놓으시오
밤이 없어지면
낮도 없어지는 것이오
밤을 제자리에 돌려놓으시오

2001. 10.

바람을 보았는가

바람을 보았는가

눈 녹이고 샛노란 싹이 쏘옥 얼굴을 내미는 봄을
데리고 오는 바람을 보았는가

뙤약볕을 싸안고 뜨거운 여름을
재우는 바람을 보았는가

별빛 아래 풀벌레 소리 실어 오는
소슬한 바람을 보았는가

노란 은행잎을 흩날리며
저리도 매정하게 봄여름가을을
걷어 가는 바람을 보았는가

바람을 보았는가

2001. 11.

Ⅲ

然

능강 호수

바람 머금고
산을 담그어
명경明鏡이 된 호수

태양을 부수어 은구슬 만들고
흰 구름 펼쳐 놓은
하얀 새 놀이터

별은 재우고
둥근 달 빠져 있는
고즈넉한 호수

지나온 세월 던지니
나의 이야기도 담는다

2000. 4.

능강 솔바람

능강 언덕 소나무 숲에 누우니
가지마다 걸린 푸른 하늘

솔이파리 사이로 바람이 지나간다
솔바람
솔바람 소리
금수산 골짜기 실구름 피워 내는
바람이 일어
능강 솔숲을 지나간다

바람은
시냇물 소리
산새 소리
금수산 더덕 내음 데불고
능강 솔밭에서 노닐다 호수로 간다

소백 기슭 주목 이파리에서 쪼르르 떨어져
태백 꼭대기 천년 주목 잎에서 방울방울 떨어져
골짜기 골짜기 흐르던 시냇물

동강 굽이굽이 돌아
단양고을 지나온 호수

호수는
능강 하늘 별을 헤며
초생달 담그어 고즈넉한 밤이더니
능강 솔바람 싣고 먼 길을 떠난다
호수는 흘러 서울로 간다
때에 찌든 사람들 씻기러 서울로 간다
목마른 사람들 기다리는 서울로 간다
능강 하늘 별을 싣고
별이 숨어 버린 서울로 간다
능강 솔바람 호수 따라 서울로 간다

1999. 7.

경포대 파도

밤새도록 파도 소리를 들어 보았는가

파도는 여로의 끝 경포대에서
　알프스 골짜기 흐르던 내가 왔소
　에베레스트에서 만년이나 걸려 예까지 왔소
　미시시피 톰 소여 멱 감던 강물도 흘러왔소
　하얀 곰 태우고 떠다니던 얼음물도 왔다오

파도는 지구촌 소식을 실어 오고 실어 오고
　따뜻한 사람들 오손도손 모여 사는 이야기
　폴리네시안 춤추며 노래하는 소리
　America 하얀색 사람과 검은색 사람들 싸우는 소리
　Africa 허기진 아이들 보채는 소리
　장갑차 지축을 흔드는 소리

파도는 어둠이 걷힐 녘 성난 목소리로
　땅 위에서 소란 피우는 사람들
　땅을 더럽히는 사람들
　땅을 많이 차지하려는 사람들

땅에서 내려오라
바다로 내려오라

노도怒濤는 밤새도록
지구가 내뿜는 쓰레기를 모래톱에
묻고
묻고
묻고

1985. 10.

해운대

해
별
달
담겨 있는 하늘

하늘을 담은
바다가 펼쳐 있다

땅은 끝나고
푸른 물 널려 있는 바다
물이 깨끗하여
몸을 씻고 싶다
마음도 씻고 싶다

파도는 억겁으로
밀려오고 밀려오고 밀려오고
모래는
파도를 머금고

1993. 2.

연희동 까치

연희동 삼거리
밤새도록 차가 달리는 길가
가로수에 까치가 집을 짓고 있다
조금만 날아가면
연세대학교 교정에 나무가 많은데
조금만 더 날아가면
북한산 자락에 집을 지을 수 있을 텐데
높이 올라가면
광릉 수목원이 보일 텐데

너른 들판을 두고
아늑한 산자락을 버리고
꾸역꾸역 서울 모퉁이에 끼어들어
단칸방에 웅크리는 사람들
흉내 내느라
까치는 연희동 삼거리 가로수에
집을 짓고 있다

2000. 4.

매미 1

칠 년 내내
땅속에 갇혔던 설움
이레 동안 울다 울다
죽는다

매미 2

그대보다
우화羽化의 환희를 아는 자
있으랴

매미 3

8월의 태양은
뭉게구름이 보듬고
매미 소리는
지열地熱을 삭인다

매미 4

매미는
8월의 MVP
나무는
너에게 그늘을 드리우려
작열하는 태양을 이고 있다

2000. 8.

낙엽落葉

당신은
편편片片이 나는 낙엽을 보았는가
저리도 아름답게 지상에 앉는 모습을 보며
당신은 노래를 하지 않겠는가

낙엽은
오늘 지상에 앉기 위해 오랜 일월을 살아왔다오
당신은
나목裸木에 물이 오르고 새순이 돋는 모습을 보았을 것이오
안개를 거두어 내는 햇살처럼
인동忍冬의 마른 가지에서 피어 나는 새순의 모습은
엄마 품 안에서 방긋 웃는 아기의 얼굴이었던 것을
당신은 기억할 것이오

5월 하늘을 향해
연푸른 모습으로 단장한 신록은
당신의 걸음을 가볍게 하지 않았소
서녘 하늘에 초생달 걸려 있는 초여름 밤
푸른 내음을 지상에 뿌려 주던 신록 냄새를 맡으며

우리는 살아가는 기쁨을 누리지 않았소

당신은 태양을 향해 하늘거리는 미루나무를 보았지요
강가에서
산자락에서
참외밭에서
햇살 아래 팔랑거리는 미루나무 아래서
우리는 시원한 잠을 자며 꿈을 꾸었지요
환한 햇살과 푸른 잎으로
여름은 아름다웠소

낙엽은 오늘 조용히 지상에 나렸소
꽃을 피우고 과실을 맺어 온 낙엽을 보며
아름다운 일월을 살아온 낙엽을 보며
한 잎 두 잎 나려서 깔린 낙엽을 보며
당신에게 노래를 보내오

1990. 11. 3. 아침

들국화 몇 송이

길섶에 핀 들국화 몇 송이 꺾어 책상 위에 놓으니
향기가 방 안에 가득하오
몇 송이 들국화는 다섯 평 방 안의 주인이 되었소
서가에 꽂힌 셰익스피어 괴테 칸트
보다 위대한 힘으로
다섯 평 방 안의 제왕이 되었소

들국화는
지구가 내어 주는 양식을 먹으며
하늘을 향하여 자랐소
소나기에 두들겨 맞고
미친 듯 지나가는 바람에 부대끼고
한나절도 견디기 힘든 긴 여름의 태양을
스무날 쉰날 예순날이나 쬐면서
그 자리에 있었다오
나비를 보려고 이파리 몇 개 작은 벌레에게 내어 주고
살랑살랑 지나가는 바람에
옆에 서 있는 쑥대랑 갈대랑 흔들흔들 춤도 추었다오

아침 이슬을 머금고

안개를 머금고

바람을 머금고

뙤약볕을 머금고

칸트가 바라보던 별을 머금은

들국화 몇 송이

지금

다섯 평 방 안에 우주를 토하고 있소

다섯 평 방 안에 우주가 가득하오

1999. 10.

부러진 나뭇가지

나즈막한 산등성이에 서 있던 나무
아침 산보길에
물끄러미 바라보던
때로는 그 밑에 앉아 쉬던
나뭇가지가 부러져 길을 막고 있소

나무는 스스로
동, 서, 남, 북,
동북, 동남, 남서, 북서,
동동북, 동동남, 남남서, 북북서,
동북북, 동남남, 남서서, 북서서 쪽으로
가지를 내밀고
하늘을 향해 올곧게 서 있었는데
누가
왜
한쪽 가지를 부러뜨렸소

부러진 가지는
봄볕을 받으며 쏘 - 옥 새움을 내밀던 날을

이파리에 쏟아지던 여름날의 태양을
삭풍에 잎을 떨구던 늦가을을
가지고
우리가 사는 동네를 떠날 것이오

지구는 또 하나 작은 생채기가 생겼소
누가 나뭇가지를 분질렀소?

2000. 5.

난蘭

난은 늘 자기 자리에 있습니다
세월歲月을 지키며
　뛰어다니는 사람
　게으른 사람
　경망스런 사람을 바라봅니다

난은 탐식하지 않습니다
머금은 물맛을 오래오래 즐깁니다
　뚱뚱한 사람
　탐욕이 가득한 사람
　물신物神에 넋을 바친 사람을 바라봅니다

난은 강한 햇볕을 좋아하지 않습니다
살랑거리는 바람에 향기를 날리며
　자기만 생각하는 사람
　고집이 센 사람
　뽐내는 사람을 조용히 바라봅니다

난은 웃자라지 않습니다

자기 키를 정하고

분수를 모르는 사람

시샘이 많은 사람

허세를 부리는 사람들을 물끄러미 바라봅니다

2000. 2.

돌

내 방에는 돌이 있다
앉고
서고
눕고
기대어 있다

오랜 세월
말간 물이 흐르는 시냇가에서
파도가 밀리던 바닷가에서
한나절 꿩이 울던 산속에서
만들어진 그날부터
비
바람
파도에 부대끼며 닳아오다가
지금의 얼굴로
내 방에 와 있다

흰색 검은색 누런색 푸른색 돌은
가지가지 몸짓으로

앉고 서고 눕고 기대어 있다
옹기종기 모여 있는 모습은 순한 토끼 같고 사슴 같다
모두 평안하다

그런데
언젠가는 이 돌들을
피라미가 유영하는 맑은 물가에
게 소라가 돌아다니는 바닷가에
돌려보내야 할 것 같다

1981. 4.

지구촌 돌이 모여 있다

내 작은 방에 지구촌 돌이 모여 있다
이 교수는 남극에서 납작한 돌을 가져다주더니
두만강 가에서 쑥돌을 주워 왔다
한 박사도 덩달아
압록강에서 매끈한 돌을 가져왔다
아들이 얻어 온 베를린 담벽 조각은 유리컵에 담았다
어머니는 울릉도에서
아내는 나이아가라 윗물 IHRI 호숫가에서
돌멩이 수집을 도와주었다

사막에서 불볕을 쬐던 까만 돌
시내산 기슭에서 캐낸 노란 돌
컬럼비아 빙하 속에 얼어 있던 파란 돌
화산 폭발로 튀어나온 하와이 까만 돌
만리장성 벽돌 조각
지구촌 돌이 한곳에 모여 있다

뜨겁게 달구어진 돌
추위에 웅크리던 돌

강물 따라 흐르던 돌
사람의 길을 막던 벽 조각이
한자리에 모여 있다
다투지도 아니하고
뽐내지도 아니하고
나서지도 아니하고
조용히 앉아 있다
지구촌 돌이 평화롭게 모여 있다

1999. 10.

11월의 비

11월 하오
햇살을 밀어내고
비가 내리고 있네요
상수리 나뭇잎 쌓인 등성이
추적추적 내리는 비를 맞으며
나목裸木은 으스스 떨고 있습니다
까만 밤이 오기 전
비가 그치면 좋겠습니다

11월 하오
비는 잔인하게 내리고
태양은 하늘 구석에 박혀
내려올 줄 모릅니다
가지마다 물이 내리고
마른 가슴이 아파
바람에 울고 있는 나목은
작열하던 태양을 그리고 있습니다

인동忍冬의 일월이 가면

따사로운 봄볕이
하늘에서 내려올 것입니다

1978. 11.

이소移巢

이소 = 떠나다 = 떠 날다

떠날 수 있는 너는 용사
사나운 세상을 향한 가냘픈 날개

희망을 가지고 떠날 수 있어
떠나는 슬픔 없어
뒤를 돌아보지 않는다

떠날 수 있는 하늘
넓은 세상이 보듬어 주어
덩그러니 남은 보금자리
비지 않았다

떠날 수 있는 너는
부러움

2001. 5.

Ⅳ

常

연수동延壽洞 가는 길

Ⅰ. 신촌시장

시장은 언제 왜 생겼을까
목판 위에 하루의 생을 올려놓고
무심히 지나는 사람들을 바라보는 눈망울에서
시장을 찾을 수 있을까
건조한 미소를 만들어 내는
닳아 버린 언어에서 대답을 들을 수 있을까
채색된 생활과 갖가지 삶이 만나는 곳
시장 앞에서
군상에 묻힌 나의 조그만 삶을 챙겨
연수동으로 간다

Ⅱ. 버스 안에서

버스표 한 장을 사 쥐고
많은 인생을 실은 버스에 오른다
어린아이 학생 회사원 아주머니 할아버지가

한 시간의 인생을 버스에 싣고
　자는 사람이 있다
　얘기하는 사람이 있다
　생각하는 사람이 있다
저들은 어디로 가는가
인천으로 간다
저들이 가는 곳은 어디인가
인천으로 간다
그리고 어디로 갈까

III. 인천 바다

인천은 바다가 있는 곳이다
바다가 있어 인천은 인천이다
인천 바다는 갇혀 있다
바다가 철조망에 갇혀 있다
누가 바다를 가두어 놓았는가
사람들은 결국 바다까지 가두고 말았다

언제
우리는 숨을 쉬고 살 것인가

Ⅳ. 연수동 요양원

연수동 요양원에는
바람에 시달리다 온 사람
가난이 짓누른 사람
사람에게 부대끼다 온 사람
엄마가 없는 여섯 살 아이가 있다
저들은 숨쉬기가 힘들다

요양원 뜰에는 푸른 소나무 하나 서 있다
천년쯤 그 자리에 서 있었을 게다
소나무 아래서
챙겨 온 삶을 풀어 놓는다
님은 크게 아프다
님께서는 사람들의 아픔을 아프고 있다

나는
님의 아픔을 나누지 못해 아프다
님의 아픔을 알지 못해 아프다
나의 아픔을 맡겨야 하기에 아프다

언제
우리는 아프지 않을 것인가
님께서 아프지 않을 것인가
언제
우리는 숨을 쉬고 살 것인가
님께서 크게 숨을 쉬게 될 것인가

1984. 10.

달동네 사는 아우

골목을 구불구불 찾아온 햇볕을
쬐는 모습을 보고
해 질 녘 이마에 닿을 듯한 처마를
돌아가는 모습을 보고
달빛이 구석구석 찾아든 동네
별을 노래하는 누이를 보고
그 부요한 모습을 보고
나의 거울로 서 있는 아우와 누이를 보고
나는
하늘을 보고 웃었습니다

나의 아우와 누이가 달동네에 사는 것이
어찌 그리 선하고 아름다운고

1986. 12.

종로에서

종로에서 사람을 보았다
발에서 가슴까지 이르는 장화인지 옷인지를 입고
바퀴 달린 깔판에 몸을 얹고 손으로 기어가는
불쌍한 사람을 보았다

그는 먹고 싶을 것이다
　허기진 배를 움켜쥐고 잠을 잘 수 있었을까
　잠보다 배고픔에 시달린 밤은 얼마나 길었을까
　하얀 쌀밥에 고깃국을 먹고 싶고
　콜라 피자도 먹고 싶었을 것이다
　혹 술도 마시고 싶었을 것이다
　그러나
　호텔에 십만 원짜리 한 끼 식사가 있다는 것은
　도무지 모를 것이다
　강남 술집에 가면 백만 원짜리 양주가 있다는
　것을 모를 것이다
　그의 오장육부는 어떻게 생겼을까
　여느 사람들과 다르게 생겼을까

그는 따뜻한 방에서 자고 싶을 것이다

그의 조그만 몸을 뉘고 밤이 지나가는 곳은

어디일까

빗방울이 똑똑 시계 소리처럼 떨어지는 곳은 아닐까

때 절은 담요를 끌어당기는 가을

천정으로 별이 빼꼼히 보이지는 않는지

꽁꽁 언 몸을 녹여 줄 연탄은 꺼지지 않았는지

그는

서울 하늘 아래 수영장이 있는 집에서 어린 손자 친구들이 숨바꼭질하다 친구 방을 못 찾고 헤매는 집이 있다는 것을 모를 것이다

80평 아파트에 서너 명 식구가 영하 20도의 겨울에 러닝 셔츠만 입고 사는 것은 모를 것이다

호텔에서 남자와 여자가 대낮에도 잠을 잔다는 것을 모를 것이다

저 작은 몸을 누일 한 평이나 두 평쯤 되는 방은

과연 있는 것일까

그는

위로 지나가는 봄 여름 가을 겨울을
볼 수 있을까

그는
긴 장화를 벗어 버리고 부드러운 옷을 입고 싶을 것이다
언제부터 왜 장화옷을 입었을까
누가 저에게 날마다 긴 장화옷을 입혀
거리로 내몰고 있을까
그는
바지를 입고 노란색이나 빨간색 셔츠를 입고
팔을 흔들며 운동화를 신고 성큼성큼 걷고 싶을 것이다
예쁜 딸이 하얀 드레스를 입고 시집가는 날
감색 양복을 입고 노랑 넥타이를 매는
꿈을 꾸기도 할 것이다
그는
파리에 모인 다섯 명이나 일곱 명의 디자이너가
20억 여성의 색깔을 해마다 바꾼다는 것은 모를 것이다

그는 언제 장화옷을 벗을 것인가 2000. 10.

시정市井의 바람

어제 바람을 쐬러 갔습니다
명동에서
세월을 싸안고 날아가는 바람을 보았습니다
내 또래 젊은이들이 휘청거리며 뛰어가는데
그 역동으로 이는 바람은
동서남북 갈피를 잡지 못하고
뒤엉킨 바람은 명동 고샅을 맴돌았습니다
젊은이들은 회오리바람에 갇혀
어지럽게 춤을 추었습니다
그들의 얼굴을 보니
쇼윈도 마네킹이었습니다

명동을 나와 깜깜한 밤으로 들어설 때
명동과 밤의 틈새로 지나가는 바람을 보았습니다
명동에는
젊은이를 싸안고 돌아가는 회오리바람이 거세게 불고
나는 바람에 밀려 밤으로 쫓겨 나와
땅을 꽝꽝 밟으며 돌아왔습니다

1981. 3.

백문조 한 마리

새장에 백문조 한 마리
겨우내 혼자 살아간다
어린 손님이 만지려다 한 마리 날아가고
혼자 살아간다
그러다 어느 날 굶어 죽었다
모이 주던 사람 긴 나들이에
새장에서 혼자 죽었다
백문조는 이제
먼 하늘을 바라보지 않는다
모이 줄 사람이 없어도 괜찮다
이제 새장에 있지 않아도 된다

새장에는 백문조가 없다
새장은 깜깜한 곳간으로 갔다가 난지도로 갈 것이다

1993. 5.

고독

백 명이나 서 있는 단체 사진 속에서 그대를 보았는가 한밤중 생땀을 흘리며 뒹구는 아이의 눈빛을 보았는가 대학 시험장에서 이름을 썼다 지우며 그냥 앉아 있는 아이를 보았는가 군상에 묻혀 시장바구니를 들고 가는 아내의 모습을 보았는가 바닥 난 쌀독을 긁다가 먼 하늘을 바라보는 여인을 보았는가 서울역 벤치에서 귀가하는 사람을 물끄러미 바라보는 사내를 보았는가 할 일이 없어 종일 방바닥에 누워 궁싯거리는 청년을 보았는가 휴가를 마치고 솔밭길로 귀대하는 장병의 뒷모습을 보았는가 뒤엉켜 있는 일상으로 돌아오기 싫어 산정에 앉아 풀잎을 땡겨 보았는가

2000. 5.

화가 난다는 것은

화가 난다는 것은 살아 있다는 것입니다
강한 생명력입니다
나는 이렇게 살아 있어
내가 싫어하는 일은 싫어하고
내가 좋아하는 것은
좋아하겠다는 것입니다
내가 살아가는 방식과
내가 살아가는 목표와
내가 살아가는 사실을
확인하고 있는 것입니다

1991. 12.

분노한다는 것은

우리는 분노하면서 살아야 합니다
아침에는 기분이 좋아야 하는데
신문에는 분노가 촘촘히 박혀 있습니다
시력이 좋으면 꼴불견을 많이 목격합니다
청력이 좋으면 시끄럽습니다
후각이 좋으면 상한 냄새가 사방에 가득합니다
분노한다는 것은
더러운 먼지가 많아
숨쉬기가 어렵다는 것입니다
분노한다는 것은
아름다운 세상을 꿈꾸기 때문입니다

1991. 12.

사랑한다는 것은

우리는 때때로 화를 내야 합니다
우리는 항상 분노해야 합니다
그러나 그러나
부글부글 끓어오르는 애를 삭일 줄 알아야 합니다
분노가 사그라지길 기다려야 합니다
체내 구석구석에는
화를 밀어내고 분노를 삭일 세포가 있습니다
사랑은 참는 것입니다

1991. 12.

목욕탕 1

버르장머리 없는 손자
물장구를 물끄러미 바라보는 할아버지
징징대는 손자
달래는 할아버지

쪼글쪼글한
이마
목
가슴
허벅지
패인 곳마다
일본 순사 으름장이
전란의 생채기가
잘살아 보자는 구호가
밀려난 농경 문화가
바쁘게 바쁘게 달려온 산업 사회가
촘촘히 박혀 있다
문질러도 문질러도
지워지지 않는

2002. 5.

목욕탕 2

차라리
강아지 송아지 망아지를 데려다 씻기면
얼마나 아름다울까

누추한 찌꺼기
탐욕과 오만과 미움의 껍질이
하수구로 흘러간다
그래도 남아 있는
불룩한 배
안에 꺼지지 않는 탐식의 퇴적

말간 물이 흐르고
진실이 흐르는 목간을 하고 싶다
세상의 때가 스믈스믈 파고들 때마다
목욕탕에 가고 싶다
가서
밀려오는 욕심이랑 거짓을 씻어 버리고 싶다

2002. 5.

아홉 시 뉴스

여러분 안녕하십니까?
오늘도 국회 여야 의원들이 고함을 지르며 삿대질 하다가
멱살을 잡고 국민과 조국을 위하여 열심히 싸웠습니다
의사들이 며칠째 휴업을 하고 있습니다
공사장 인부가 흙더미에 깔려 구조를 기다립니다
뉴욕 WTC가 무너졌습니다
예루살렘에서는 자살 폭탄차가 질주했습니다
여중생을 깔아 죽인 미군은 죄가 없습니다

오늘 뉴스는
여러분과 아무 상관이 없는 TV 프로그램입니다
여러분은 조금도 신경 쓰실 것 없습니다
잠시 후에 재미있는 오락 프로그램이
여러분을 즐겁게 하여 드릴 것입니다

여러분은 지금
안방에서 뉴스를 듣고 있으니 안녕하신 것입니다
여러분 안녕히 계십시오

2002. 10.

인생

인생은 시간이다
사람들은 초, 분, 시, 날, 달, 해,로 쪼개어 살지만
땅 위에 서면서 땅 속에 누울 때까지
인생은 한 덩어리 시간이다
쪼개어도 쪼개어도 나누어지지 않는 영원이다

인생은 공부다
엄마를 배우고
사람을 배우고
글자를 배우고
글자 안에 있는
철학을 배우고 과학을 배우고 소설을 배우고
배우고 배우고 배우는 공부다

인생은 먹는 일이다
300g × 3식 × 365일 × 70년 = 22,995,000g
22,995,000g × 1/1000 = 22,995kg
22,995kg × 1/1000 = 22.995t
인생은 22t을 먹고 995kg을 더 먹는 일이다

더 먹으려고 더 먹으려고 싸우는 일이다

인생은 정반합正反合의 철학이다
오른쪽 왼쪽 신발을 바꾸어 신기 시작하면서
100점을 받기 위해 쓰고 지우고 쓰고 지우고
그렇다 아니다 이것이다 저것이다
아니다 아니다 아니다
옳고 그르고 그르고 옳다고 다투는 싸움이다
"세상에 정답은 없다"는 답을 얻을 것이다
그러므로 "나만 옳다"는 허구다

2001. 10.

무無

시냇물 소리 산바람 소리 새 소리가 없다면
산이 아닙니다

파도 소리 갈매기 소리 갯내음이 없다면
바다가 아닙니다

매일 만나는 사람끼리 따뜻한 마음이 없다면
사람도 아닙니다

허물을 덮어 주지 아니하면
친구도 아닙니다

정직한 사람이 서야 할 자리가 없다면
사람 사는 동네가 아닙니다

거짓말하는 국회의원 판사 신문사에 줄 벌이 없다면
대한민국이 아닙니다

2002. 12

유有

두 덩이 해가 있어
  맨날 낮이라면
목성처럼 달이 여러 개 있어
  밤마다 환한 달이 뜬다면
별들에게 자유가 있어
  자기 마음대로 돌아다닌다면

  어떻게 되겠소?

없다고 아쉬워 마시오
없다는 것은 있다는 것의 반대가 아니라
없어야 하는 것이오
없다라는 것이 있는 것이오

2002. 12.

V

鄉

후산리 여름

뙤약볕 쫘악 깔린 고샅
흙담 위 호박넝쿨 늘어지고
동네는 비었다

상동청에 하나씨들 눕고
하동청에 김매던 아자씨들 깊은 잠에 빠졌다
쥐엄나무 아래 할매들은 손주 엉덩이 토닥거리고
뒤안 처마 그늘 어메가 졸고 있다
아그들은 둥구 잡으러 상수리나무 기어오르고
토방에서 백구가 길게 혀를 내밀고
빈집을 지킨다

* 하나씨: 할아버지

1985. 8.

비

童

할아버지 시조 소리는
낙숫물 소리처럼 청아했습니다
빗소리는 할아버지 시조에 묻히고
할아버지 시조는 빗방울처럼 울렸습니다
할아버지는 시조를 대청마루에 쌓아 두었습니다
비가 오는 날이면
고향 집 대청마루에 가고 싶습니다

少

비를 맞으며 황톳길을 걸었습니다.
"나는 누구인가?
  어디로 흘러가는가?"
스승도 교과서도 없었습니다
비가 내려도 내려도 갈증은 풀리지 않았습니다
황톳길에는 붉은 물만 흘러갔습니다

靑

큰비가 내렸습니다
천둥 번개는 밤과 낮을 삼키고
산이 무너지고 강은 들판으로 들어가
산 들 강은 바다가 되었습니다
비는 그치는 날이 있습니다
비 그치고 환한 햇살이 내리던 날
다져진 신작로가 있었습니다

1986. 7.

할아버지

마당에서 빗자루 들고
아침 햇살 아래 얼굴 가득 웃던 할아버지
학용품 사 주려고
태인에서 부안까지 걸어온 해 질 녘
"내가 오십만 되어도 너랑 영어 공부를 할 텐데"

한밤중 빨치산에게 쌀 뺏기고
아침에는 경찰 몽둥이에 맞은 몸으로
세 살배기 손자 끌어안고
"너는 희망이다"

지평선 너머로 왼종일 달구어진 해 보내고
무거운 몸 이끌고 삽짝문 밀치고 들어오다
지게끈 줄여 끌고 다니는 손자에게 큰 호통
"너는 지게 지면 안 돼"

한밤중 느닷없이 찾아온 중풍
걸어온 세월이 짧아서도
앞으로 해야 할 일이 많아서도

아니라
아비 없는 손자 꼭 쥐고
“너를 두고 어떻게 갈 꺼나”

1980. 6.

어머니의 부엌

짚 한 다발로 밥 짓고 사그라지는 잿불에 굴비랑 김 구워 큰방으로 밥상 올리고 아금박스럽게 깜밥 긁어 아들 몫으로 챙긴 후 가마솥 가에 조금 남은 누른 밥 바가지에 담아 후닥닥 삼키며 숭늉 양푼 밥상 물린 큰방에 올리던 어머니의 부엌은 사라지고 가마솥 뚜껑 쥐던 손은 풀기가 없어 며느리가 지어 올린 밥상 젓가락이 잘 잡히지 않는다

2002. 5.

어머니의 여정

은하수 걸쳐 있는 대나무숲 한 씨네 초가집
일천구백이십오 년 칠 월 스무이레
세상에 가득한 빛을 보려고 순이는 눈을 떴다오

연지 찍고 곤지 찍고 꽃가마 타고
열일곱 순이는 조랑말 타고 가는 신랑 뒤따라
강대월 시내 건너 뫼실제 넘어 상두산 자락
물 긷고 방아 찧고 밥 짓던 보금자리 십 년

난리가 났다네
사람들 미친개처럼 뛰어다니고
오손도손 살아가는 두메산골에도 난리가 들어와
어제까지 꾸벅꾸벅 고개 숙이던 옆집 판쇠, 창이가
따발총 들고 와 쌀 내놓으라더니
어둠이 걷히는 꼭두새벽 경찰대 들이닥쳐 몽둥이질
무슨 힘으로 쌀 퍼 주지 않겠소
칠십 평생 신경통 붙여 준 난리는 끝나고
세 살배기 볼 쓰다듬고 나간 남편은 오십 년이 지나도 소식이 없다

남편도 돌아오지 않는 징그러운 산골짜기 뒤로 하고
호남평야 끄트머리 동진강가 후산리
하루 종일 신작로만 바라보던 눈길
지평선으로 사라지는 붉은 해랑
하루 또 하루 또 하루 보내고
너른 들판에서 뛰노는 아들 땜에 세월이 간다

서울살이 아들 따라 흙 묻은 옷 벗어 버리고
며느리 따라 예배당에 가 보니
똑같은 옷 입고 세 끼 먹는 사람들
속내가 다르고 가는 길이 다르더이다
꾸벅꾸벅 졸다 정신 바짝 차리고 따라가 보니
거기 있었네
쉼 없이 솟아나는 말간 샘물이
태양보다 환한 빛이
어느새 미신도 버리고 제사도 버리고 욕심도 버리고
할렐루야 할렐루야 아멘 아멘 익숙해진 성도가 되었네

설악으로 제주로 편답강산遍踏江山 하다가
만리장성 하와이 LA 뉴욕 나이아가라 밴쿠버
휘휘 둘러보니
세상이 넓긴 넓습디다
이제 다리쉼을 하려는데 웬 손이 떨리고 떨리기 십 년
풀기 마르고 혈류가 느려
가을 겨울 봄 여름 다시 가을 내내
누워서 흘러간 일월 세월 세고 또 세다
마지막 마지막으로 하는 말

"예수님의 십자가가 감사하고
며느리가 고맙고
마음이 편안하고 몸도 편안하다
괜찮아"

2002. 10. 24.

아내가 시집오던 날

아내가 시집오던 날은 뜨거운 태양이 온종일 내리쬐어 가만히 앉아 있어도 땀이 주르르 흘렀다고 사람들은 말하였지만 그날 하늘에는 햇볕을 가리는 구름 한 점 없어 구석구석 눈부신 햇살이 파고드는 환하고 따뜻한 날이었음을 잊지 않고 있습니다

2002. 8.

내 사랑 보름이

보름이는
기린봉을 넘어오는 보름달처럼 둥글게 생긴
기집아이였습니다
보름이는
온고을全州 동녘 한별당寒碧樓에서 놀던
기집아이였습니다
한별당 토방에서
"이때 춘향이는—"
소리꾼들 흉내 내며 까르르 웃다가 한별당 아래
개천으로 쪼르르 달려가 송사리 떼 몰며 미역 감던
기집아이였습니다

보름이가 아직 볼이 둥굴고 빨강던 시절 내 각시가 되어 강산이 두 번 세 번 바뀌는 세월 밥 짓고 빨래하며 한별당 소리꾼들 잊어버리고 피아노 두드리다가 날마다 미국 아들에게 이메일 띄우고 인터넷 싸이트 클릭하는 모던 우먼이 되었습니다

2001. 5.

외사촌 누님

십오 년 만에 만난 외사촌 누님이
"동상, 몇 살인가?"
십 년을 줄여
"서른아홉이요"
누님은 찬찬히 쳐다보며
"자네도 벌써 그렇게 되었네 잉"

외사촌 누님이 줄포로 시집가던 날
꼬마 상각上客으로 따라갔는데
나는
외사촌 누님이 살아온 60년 세월
바깥에 있었다

1996. 10.

Ⅵ

山

산이 좋다

맑은 물
산바람
작은 꽃
숙이가 좋아하는 것은 모두 산에 있다

산에 오르면
사람들 사는 동네가 저 아래 있다
다투고 뽐내고 아등바등 사는
동네가 저 아래 있다

산꼭대기에 서면
키 큰 나무들이 저 아래 있다
큰 나무들이 작아졌다
큰 나무들이 숲을 만들려고 낮게 서 있다

산정에 서면
구름이 발 아래 흘러간다
하늘에 있던 구름이 발 아래 흘러간다
하늘 가까이 서게 된다

1990. 7.

설악산

골짜기 골짜기
하얀 눈 쌓이고
달빛이 가득하게 깔려 있다

수렴동 계곡 따스한 양지 녘
봄 채비하는 진달래꽃 몽우리 터지는데
춘설이 내려
봄이 오는 길목을 막으려 한다

그냥 떠내려가기 싫어
못澤, 沼마다 맴돌기 백 번
맑은 물 보내기 싫어
바위는 하얗게 닳았다

천화대 바람벽
안간힘으로 서 있는 소나무
곁
단풍나무 불이 붙었다

1991. 2.

태백산

크고 너르다

두 시간 세 시간
아래 동네 삶을 이고 온
갑남을녀 필부필부를
쉽게도 안아 준다

태백 마루 꼭대기에 서 있는 태백산
높지 않다
그런데
저 멀리 높디높은 산들이
머리를 조아리고
장군봉 발 아래 엎디어 있다

필부들이
태백 꼭대기에 올랐다
내려온다

2000. 1.

소백산

희방폭포 물소리는 뒤로 보내고
연화봉에 오르면
뒷동산같이 포근한 소백이
삭발한 중학생 같은 소백이
속내를 다 드러내고 길손을 맞는다

한달음에 다다를 것 같은 비로봉
한 시간을 걸어도 두 시간을 걸어도
그 자리에 서서 기다린다
비로봉은
세 시간이나 마중하다 길손을 품어 준다

철쭉밭 가꾸어 삼천리 사람들 부르더니
푸른 언덕에서 목가를 부르게 하더니
수채화로 사막을 그려 놓더니
천년 주목만 세워 놓고 온 산을 하얗게 덮어 버린다
소백 하얀 산이
영하 30도 더하기 영하 10도 추위에
고고하다

1987. 10.

속리산

천년 노송이 청년으로 푸르다

푸른 소나무 서 있는 한 녘에
젓나모가 백 년 이백 년 연륜을 뽐낸다
잡목 한 그루 어느 해 풍우에 시달린 생채기로
소나무보다 늙은 모습으로 휘어져 있다
새봄에 돋아난 넝쿨은 떡갈나무 휘감고
햇볕이 들지 않는 숲속으로도 일월이 지나간다

천년 푸른 소나무
천년 내내 흐르는 도랑물 소리
젓나모 도토리나무 물푸레나무를 데리고
살아온 세월을 나그네에게 보여 준다
나그네는 하룻길에
일 년을 보고
십 년을 헤아리고
백 년의 소리 듣고
천 년을 배운다

1985. 10.

지리산

노고단 운해

헐떡헐떡 숲속 돌길
<u>오르고 오르고 오르고 오르고 오르고</u>
노고단 등성이에 서면
두 겹 세 겹 일곱 겹 골짜기마다
구름이 채워져
산 겹이 훤하게 드러난다
크고 무거운 산들이
구름에 빠져 있다
늘 하늘에 떠 있던 구름이
발아래 산허리를 감고 있다

반야봉

열 번을 올라도 반야봉은 만날 수 없었다
늘 구름에 가리워
얼마나 못생겼길래 했는데
쉽게 만날 수 없는 귀골이다
이순신 장군이 저런 모습이었을 것이다
임걸령 지나 토끼봉으로 넘어가는 길목
한 시간 거리에 비껴서 서 있는 반야봉
왜 그리 바쁜지 모두
그냥 지나간다
반야봉은 아무나 만나지 않는다

뱀사골

오룡소 탁룡소 뱀소 병소 병풍소 간장소
소沼마다 얼굴 씻고 손 씻고 발 씻고
소沼마다 마음 씻고
삼도봉三道峰에 오르면
어이 풍진風塵 세상에 다시 내려갈꼬
지리산 산사람이 될까부다
홀로 깨끗하고픈 것도 욕심이라
달래어 내려오는 걸음에
터덜터덜 돌멩이가 채인다

피아골

섬진강 운무 헤집고 용케도 찾아낸 산길
덜컹덜컹 오르던 버스
연곡사 뜰에 길손을 떨군다

창공하 적수해蒼空下 赤樹海
등줄기로 흐르고 이마에서 떨어져도
삼홍소三灴沼에 땀 씻을 수 없다
저리도 맑은 물에 어찌

빨간 단풍은 가슴이 아리다
민초는 역사가 밟고 가는 길바닥인가
왜?
그대는
어머니
각시
새끼 두고
여기서 죽었소?

* 창공하 적수해蒼空下 赤樹海 : 푸른 하늘 아래 단풍나무숲

연하천煙霞泉

닭 우는 소리
개 짖는 소리
사람들 싸우는 소리
없는
지리산 중턱
드디어 지리산 속에 빠졌다
앞으로 가도 뒤로 가도 옆으로 가도
사람 사는 동네
없는
드디어 지리산 사람이 되었다

오백 리 골짜기 골짜기 피어나는
구름이 찾아와
천 미터 산마루에 물을 묻으니
말간 샘물로 솟는다

세석고원

유월에 피는 철쭉 무더기를 보았소
팔월의 달빛 아래 피어나는 구절초를 보았소
오돌오돌 떨며 한여름 밤 별을 보았소
황금빛 초원에 내리는 가을의 양광陽光을 쬐었소
솜이불처럼 포근한 설원에 누워 보았소

세석고원에 가 보시오

허만수는 어디 가고
조무래기들 와글와글 떠든다
어느 무식쟁이 크게 자랄 구상나무 여기저기 심어
세석평원은 허만수 따라 지리산에서 사라졌소
누구 없소
세석평원을 찾아 놓을 허만수 같은 산사람

천왕봉

천왕봉을 다시 재면 5m는 낮아졌으리
그리도 많은 사람들이 밟아댔으니
그러나
해가 바뀔수록 높아지는 천왕봉
헐떡헐떡 안간힘으로 오르다
우리 할아버지는 좋은 분이셨나 보다
오를 때마다 천왕봉 해돋이를 볼 수 있으니

어느 날 열여섯 아들에게
천왕봉 찍어 오랬더니
사진기 하나 달랑 들고 올라
세 끼나 굶고 영하 30도에서
가로 30㎝ 세로 50㎝ 천왕봉을
우리 집으로 옮겨 왔다
아들 옆에 서 있는 천왕봉을
매일 오르게 되었다

칠선계곡

천왕봉 서쪽으로 패인 골짜기
분도기로 재면 70도 가파른
골
한 시간 내려가면
물소리가 난다
집채만 한 바위들 밀어내려는
물소리
우렁찬 물소리
대낮에도 컴컴한 원시림
길이 없다
"집에 갈 수 있을까?" 밀려오는 두려움
사십 리 물소리 끝나고 추성리에 이르니
"살았다"

지리산에는 칠선계곡이 있다
우리나라에는 칠선계곡이 있다

청학동

어처구니없는 반골이다
머리 땋고 댕기 매고 상투 꽂고 하늘 천 따 지라
하긴
그렇게 하지 않고 어찌
지리산 맑은 물 맑은 기운 마시며 살겠는가
전화랑 전깃불이랑 아스팔트랑 자동차가 오겠는가
청학동 대나무밥 닭백숙 동동주
참 맛있습디다
모두 가서 잡수어 보시오
자동차 길이 잘 닦이고
길목에 호텔 같은 것도 있습디다

지리산 품은 넓기도 넓다
별별 사람들 모두 품어 주고

2002. 10.

마니산

정수사 앞마당에 서면
저 - 기 산 아래
푸른 바다 한 조각이 펄럭인다

첨성단 오르는 산길
바위에 걸터앉으면
서녘 뻘판에 햇살이 널려 있다
태양이 하늘을 비워 두고
뻘판으로 내려올까 걱정된다

바다와 뭍이 만나는
하루하루를 지키느라
마니산은 반만년 그 자리에 서 있다

1984. 5.

한라산

〈봄〉

너른 물 위로 솟구치는 둥근 해 맞으라

분화구 별채 하나 성산포에 떼어 놓고

노란 유채밭 펼쳐 놓고 그림 그리라

환쟁이들 부른다

〈여름〉

영실 오르막 가쁜 숨 재우려고 자락에 앉으니

펼쳐지는

아늑한 풀밭

저 - 아래

동그란 오름 오름

세상의 평화가

한라산 자락에 모여 있다

〈가을〉

선글라스 끼고 총 잡은 사나이 박정희 장군

깡패들 몰아

북에서 남으로 신작로 내었다

힘은 그렇게 쓰는 거야
길가 나무마다 깡패들 땀방울 송글송글 울긋불긋

〈겨울〉
제주해협 건너오는
삭풍이랑 눈보라 머리에 이고
산자락 아래 봄 일구어
노오란 감귤 달아 놓고
야자수 이파리 나부끼라
겨울을 짊어진
한라산

2000. 10.

계림桂林에서 노닐다 황산黃山에 오르다

桂林

계림桂林에 도착한 시간은 초저녁
사방은 깜깜하다
비가 내린다
내일 아침 자태를 보여주려고
밤새 빗물로 목욕하는 계림

아침
창문을 열자
환한 햇살 아래 이강灕江이 흐르고
강변에 점점이 서 있는 봉우리 봉우리
아 이런 세상도 있구나

桂林의 산봉우리

달나라에 있다는 계수나무
계수나무 숲이 우거진 고을에

동양화 산들이 널려 있다
한 폭의 그림이다
내가 거대한 그림 안으로 들어와 있다
그림의 한 부분이 되어
그림 속에서 사방으로 펼쳐진 그림을 본다
그림 속의 산은
따로따로 서 있다
  산 따로
  강 따로
  구름 따로
흘러간다
조화로다

산은 더불어 엉켜 높고 낮은 키를 재고
큰 산이 작은 산들을 내려다보고
작은 산들은 큰 산을 우러러
그 아래 옹기종기 모여
나는 태백太白에
너는 소백小白에 속屬하였다

속하여 살아가는데
산은 흙더미를 모두어 모두어
맥脈을 이루어
태산泰山, 거산巨山이 되어
그래
사람들도 큰 산에 오르며
  나는 백두산에 올랐다
  지리산에 올랐다
  아무개는 에베레스트에 올랐다
  허영호는 6대주 최고봉에 올랐다
그랬는데
계림에 서 있는 산들
모두 자기 이름으로 서 있다
나
나로 서 있다
삼만 육천 봉우리로 서 있다
산이 이렇게 서 있을 수도 있구나

이강灕江 뱃놀이

범선이나 대나무 뗏목에 앉아
흐르는 이강灕江에 몸을 띄우면
옛 시인이 될 것 같은데
발동선에 올라
강변江邊으로 열병한 기봉奇峰들 사열査閱을 받다
인생을 유유자적悠悠自適 살다 간
당송시대唐宋時代 시인 묵객詩人墨客 흉내 내어
이강에 배를 띄웠다
  강물이 흐르는지
  봉우리가 흐르는지
  발동선이 흐르는지
  우리가 흐르는지
  시간이 흐르는지
흘러 흘러 예는 강물 따라
나그네들 넋이 흐른다
이건 꿈이다
기묘한 산봉우리

그 사이로 흐르는 이강
그려 본 일도 없다
꿈에도 본 일이 없다
정녕 꿈이다

이강 천이백 리 뱃길이 멀어 사백 리로 줄이고
발동선은 양삭陽朔에 닻을 내린다
우리네 여류旅流는 머물러
흘러가는 이강을 작별하고 땅으로 내리라 한다
뱃길 따라 물길 따라 흘러온 우리네 인생이
네 시간의 인생이
이강 물길에 실려 떠내려간다
우리를 땅 위에 올려놓고
우리네 인생이
저기
물길 따라 흘러가고 있다
저기 흘러가는 우리네 인생을
언제 건져 낼 수 있을까?
우리는 여기 강 언덕에 서 있는데

저기 흘러가는
우리네 인생은 누구를 따라 흘러가는가
왜 자꾸만 흘러가는가

黃山에 오르다

願生 高麗國
一見 金剛山
당唐나라 시인은 이곳 황산에 오른 후 작시作詩를 하였던가
황산에 오르니
已生 高麗國 하였으니
願見 金剛山이로다
라는 대구對句가 나의 간절한 노래가 된다

아! 하고 올랐다가 아! 하고 내려온다는
황산에 오르다
황산 초입 고고한 초병哨兵 대나무
기암괴석에 아슬아슬 붙어 있는 소나무

고려국 나그네 넋을 빼앗는다

황산黃山 서해산장西海山莊에 여장에 풀다
깊은 산 속에 바다 해海라?
동 서 남 북녘에 바다 해를 붙였다
아하!
서해 산장 서녘으로 1km 오르니
거기 바다가 있었다
운해雲海 사이 얼굴을 내민 기봉奇峰
산허리를 휘감다 바람에 흩날리는 구름
흐르던 운무雲霧가 걷히고 햇살아래 드러나는 골짜기
운해 가운데 점점이 놓인 기암기봉奇巖奇峰은 섬島이다

황산은 한 폭의 동양화
거대한 동양화가 펼쳐 있다
누가?
어떻게?
저리도 큰 화폭에
기기묘묘한 그림을 그려 놓았는가

살아 있는 그림을 펼쳐 놓았는가
"동양화는 상상화想像畵다 상상想像이 지나치다" 하였던
과견寡見을 황산에서 벗어 놓는다
사실화寫實畵 기법을 제대로 가꾼 사람이
황산을 그대로 그릴 수 있다면
그는 천하 유일한 화가가 될 것이다
벼랑에 아슬아슬 서 있는
거북이龜
원숭이猿
사자獅子
곰熊
학鶴
누가 황산을 그릴 수 있을까

황산은
하룻밤 자고 가는 나그네의 산이 아니다
열흘
아니 한 달
적어도 일 년

넉넉하게 십 년쯤 황산에 묻혀
황산의 한쪽이 되어
화폭에 담고
시 읊고 노래하는 사람
그 사람의 산이다

1998. 7.

우화 (개정판)

저 자 | 유영춘
발행자 | 오혜정
펴낸곳 | 글나무
주 소 | 서울시 은평구 진관2로 12, 912호(메이플카운티2차)
전 화 | 02)2272-6006
e-mail | wordtree@hanmail.net
등 록 | 1988년 9월 9일(제301-1988-095)

2003년 1월 25일 초 판 인쇄 · 발행
2024년 3월 25일 개정판 인쇄 · 발행

ISBN 979-11-93913-02-4 03810

값 10,000원